淡雪

安丸紀子歌集

短歌研究社

淡雪　目次

I

淡き昼月

手をひかれ防空壕に入りし日空の彼方にB29来たる

燃えあがる夜空の炎見つめゐしあの戦争を怖れつつをり

エンストの車を押せり声かけて幾度も押せり彼の日の朝

内戦に国を捨てたる難民の安らな暮らし切に望みぬ

人間の歴史は過去も現在も破壊復興繰り返すのみ

月光の不変のままに地を照らし人の世なぜに争ひ絶えぬ

老いし姉の手付かずの庭の落葉掃き幾刻の奉仕に身を労しつ

外からは見えぬ身体の不具合を労る者は現世にあらざり

新緑愛で紅葉《もみぢ》を愛づる日々のあり吾が安らげる時ぞ来たるか

日替はりの痛みと共に長年を歩みて来たり年の瀬近し

飼主にあらぬわれへと尾を振りて駆け寄る犬はまりの如くに

まだ残る空地ある町に三年経て終の棲家にすべきか迷ふ

投稿の歌読み返しふつふつと可笑しきところありて恥ぢけり

生きたくも病ひに死せる人らあり若者何故に命を絶てる

残る田に青苗茂りひねもすを古墳の里に小鳥が鳴けり

時折りは子らの声せぬ真昼間に帰らぬ子らの代はりか蝉鳴く

取り組みの合間に映る国技館真上の空の淡き昼月

一人棲む二人棲む老い増しゐたり国土に月のひとしくそそぐ

一期一会の

母と兄無言のままに夢に佇つ心にかかることのあるらむ

夢ぐらゐ何もせぬまま眠りたき仕事をしたり掃除をしたり

幸薄きこの世に在りて死にたきと思はぬことの不思議なるかな

日々起こる事件の多く不思議とも思はぬ国の在り方ぞ不思議

時折りは野鳥の来たり庭に出で命の鼓動確かめにけり

淡雪のごとき命の儚さと亡き人々を想ひつつをり

和やかにあらぬこの世を憂ひつつ災難続き眼を病みにけり

陽炎の向かうに見ゆる野紺菊　わが目よ光閉ざさないでよ

眼を病める人らの待てる待合に五月に咲き初むる紫蘭活け置く

見る物はすべて霞みぬパンジーには匂ひのあると初めて知りたり

年重ね幼なじみと集ひたり苦を語らずに皆笑顔見せ

電話にて人の死せるを聞くごとに一期一会の言の葉重きを

佐渡に会ひ一夜を共に語らひし歌人二人死せるを知りぬ

湯上がりに浴衣を着せた二人の子テーブルの廻り駆け巡りをり

孫

ふるさとの馬場の桜のすでになく見知りの人ら行き交ふも見ず

額書の位置を定めて釘を打ちゆがみ整へ義姉《あね》はつらつと

幸せに子が在るならば吾もしかり花をなぐさみひそやかに生く

淡雪

新年の日射し尊く降りそそぐ愛しき子らの電話を受くる日

公園の一部となりし父祖の田や新年の川の水音を聞く

社より人皆去りしそのあとに残る白靴履く夢は覚め

置かれたるところで生きるわれにまた天は光を少し残され

皆同じ丈の苗さへことごとく育ち異り伸びゆく様は

まだ見える手足も動くこの今を四月の庭の彩り増せり

淡雪の降りつ地に消ゆ儚きを命と思ひ見つめてゐたり

あとがき

本集『淡雪』は第二歌集です。第一歌集『無量光』は結社入会後の作品で、本集は結社入会以前の作品になります。ＮＨＫ歌壇等への投稿歌、未発表作品、回想（昭和三十八年から昭和六十年）の作品など、自己流の歌です。

私は結婚前は田舎の自然の中で育ち、健康でしたが、結婚直後から数々の病気になりました。環境の変化、睡眠不足等の原因なのでしょうか。死ぬような苦しみの時もたびたびあり、食は命なり、を身を以って知りました。二男、長男の交通事故、二男の喘息、長男のいじめによる不登校、自身の病気や怪我等、禍いがわ次々襲う地獄の日々を経て、長男を転校させ、ほっと息つく間もなく、夫が癌を病み入院。自転車で家と病院を行き来する毎日が始まりました。数ヶ月後、私もコーヒー色の血尿が出て、死を覚悟しての看取りが続きました。ヘルペスとなり、熱も出ましたが、家で寝たのは一日のみでした。

「何時どうなるかわからない」と医師。治る見込みのない病人に付き添い、先のある子どもたちを二の次にしての看取りでした。そして、夫の死。通夜、葬儀から次々とつづく法要ののち、五月に長男の結婚式を終え、一回忌等の法要を済ませた年の瀬に氷の中に浸るような寒気が続き、ついに入院。同居していた姑は亡き夫の姉や妹たちに頼むこととなり、残された二男は一人で家に住み、高校へ通いました。仏様一人一人の永代供養も済ませました。

半年ほどして、熱のあるまま退院し自宅療養となりました。その間に走行中の車のアームが家に当たり、通し柱が折れ、壁のひび割れ、瓦の破損等々で、安静の間も職人達が家の中に出入りして、つくづく自分は休むことさえ出来ぬのかと落涙しました。のち、散歩に出られるようになり、テレビのＮＨＫ歌壇、俳壇を見て投稿するようになりました。当時の先生方は安永蕗子氏、岡井隆氏、佐佐木幸綱氏、馬場あき子氏でした。楽しく安らぎを得ることが出来ました。その後先生方は替わられましたが、お言葉を賜り、歌集の作り方もお教え頂きました。生きる力を賜り、心より感謝申し上げます。言葉で言い尽くせぬ思いです。本当にありがとうございました。

集名「淡雪」は、

淡雪の降りつ地に消ゆ儚きを命と思ひ見つめてゐたり

の一首より採りました。生命《いのち》、人生は長いようで短い。淡雪が地に至り、消滅する瞬時、それほどの生ではないかと感じます。穢れなき雪の純白、儚く消えてゆく程の刻、人の命も、人の人生も短い。美しく生きて終わりたい。そのような思いで、集名としました。

出版にあたり、短歌研究社の國兼秀二様、担当の菊池洋美には大変お世話になり、ありがとうございました。心より御礼申し上げます。

安丸紀子

令和五年四月

著者略歴

昭和15年　福岡県に生まれる
昭和62年より「NHK歌壇」等に投稿
平成27年「䱆」に入会
令和2年　第一歌集『無量光』上梓

検印
省略

令和五年六月十一日　印刷発行

歌集　淡《あわ》雪《ゆき》

定価　本体一七〇〇円（税別）

著者　安《やす》丸《まる》紀《のり》子《こ》
郵便番号八三八―〇一〇三
福岡県小郡市三国ケ丘二―一三

発行者　國兼秀二
発行所　短歌研究社
郵便番号一一二―〇〇一三
東京都文京区音羽一―一七―一四　音羽YKビル
電話〇三（三九四四）四八二二・四八三三
振替〇〇一九〇―九―二四三七五番
印刷・製本　シナノ書籍印刷株式会社

ISBN 978-4-86272-744-2 C0092 ¥1700E

淡雪

I

玻璃戸の内より

手に届く枝垂れ桜はうす紅の小花を枝に並べ揺らげり

ひとり見る桜は匂ひ哀れさもひしと覚えし春のつかのま

拭けども拭けどもいまだ澄まざる窓の玻璃吾が心映し曇りゆくらむ

グミの実の数ふるほどに赤く熟れ枝に雀の時折り遊ぶ

一日に俄雨降り雷も鳴り外に出づれば太陽眩ゆき

雨戸繰り一日終はりぬ無音なるなかに棲み時に人を思ひぬ

五月雨の降る中を吾が嫁ぎしは後《のち》の辛苦を知らしめるもの

電話番しつつ袋を貼るバイト身重のわれの苦労の始め

臨月の予定日に長子《こ》の服を縫ふミシンの音を軽く響かせ

夜もふけて子らのセーター編む機音《おと》のジャージャー洩るる寒き闇間に

夜半にゆく室外トイレ雨の日は縁も濡れ凍つ冬星見つつ

突然に苦しむ二男の喘息に幾多の本を読みあさりけり

幾つもの医院を巡りやうやくに根治せし子の苦しみ終はりぬ

憂ひごと夢の中まで現れて子を思はぬは片時もなし

一歩二歩と歩く吾が子を喜びつつ見守りし頃を懐かしむなり

四季折り折りの景色水面に映しつつ池の鯉にも子ら増しにけり

歩行器の吾子は天使が眠るがに頭をかしげをり接客の間に

横断時手を引かぬ子は風となり駆け抜けたれば肝冷やしたり

登校の子を送り出し店開ける合間に自転車にて配達終へる

庭の金柑

魔除けにと置くシーサーの位置定まりて災難もなく新年来たる

皇居も雪景色なり成人の若者雪を踏みしめ歩む

目が冴えるままに座したり部屋隅のラジオを聴きつつ白みゆきけり

四歳のわれ数キロを疎開先より一人歩きて戻りし記憶

幼より今に至るも常道《つね》をただ一人歩むが如くあり

野へ川へ田畑や山へいくすぢの道あり人の心の道あり

串柿のすだれの軒に冬の陽を浴びつつ風に時に揺れをり

日ざしさへ届かぬ家に吾れ棲みて道に出でては光浴びたり

日のささぬ庭の金柑葉の茂み隠れ隠れにいくつか実の見ゆ

朝店を開け夕閉むるこのごろは春の風さへ身に沁みわたる

寒風を身体《み》に受けながら花店の娘は花束をラップに包む

店内の作業の人ら親子らし面立ちの似るを見つつ過ぎたり

装ひを新たにしたる塗り壁にわが絵を掛けて客待ちにけり

白梅も紅梅も共にほころびぬ樹下《こ》を子らの駆け廻りをり

夫の言葉

めぐる日を二輪で通ふ病室へ夜は寝もやらず昼は仕事す

病室への長き廊下をへたへたと看護師のみぞ案じてくるる

自転車で毎日通ふ病室に崩折れ気味の吾《あ》を待ちてゐし

治療の苦しみ重く病人《やみびと》は気休めの吐き気止めを打つのみ

共に居る時なきわれら病みて今暮れより朝までを共に過ごしぬ

秋の月冬の月さへ霞みつつ看取りて戻る家路遠しも

中庭に車椅子止め桜見る花散る如く逝くを信ぜず

奇跡あると己が心に言ひ聞かせ医師の説明聞きて日を過ぐ

「十年死ぬのが早いなあ」淡々と言ひし日　蘭の花芽の見えけり　夫四十七歳

「君が居なければ自分は哀れであった」静かな面で吾を見つめたり

何もしてやれずすまぬと言ひ終へて眠るやうなる面を見せ逝く

これからは共に旅へも行かうとふ一度も行かず旅立ちにけり

長き間を世話かけしこと吾れに詫び己が身養へと案じて逝きぬ

吾れも病み身を捨てて看し彼の日々や十三回忌もとうに過ぎたり

風　音

ガラス戸に雨のデッサン縞模様透かし揺らめく侘椿見ゆ

ちつちやな天使がひらり枝に来ぬしばしさへづり心澄みゆく

笑み失くしし姉と吾れとがばつたりと出会ふもすぐにそそくさと別れ

筌《うへ》で獲る川魚の佃煮うましと姑義妹《いもうと》の喜びて食む

元旦の海に浸かりて若布摘む宮司様らや神に供ふるため

太宰府へ観梅電車運行す巫女は紅白梅を手渡す

風冷えの日曜の朝裏通り人影も見ず風音過ぎぬ

あるか無きかのお客を待つ間の虚しさは日々身も心も置き所なく

子にかける電話をやめてふた月目やうやくかかる子よりの電話

通勤の帰りの女《ひと》らの手入れ終へふと気がつけば夜更けとなりぬ

旅

曲り角ひとつ無き広き道バスの窓より北の大地を見つつ行く　北海道

潮風に臆せずひらくハマナスに北の大地に生きる女を見ぬ

紺碧のゆらぎだにせぬ摩周湖の神秘なる水奥深くあり

千の手を持つ観音が千体も立ち見守りぬ仏の世界　京都

泣けさうに寒い小雨のバス停を可愛い子らの鼓笛隊が過ぐ

秋の朝紅葉連なる道歩み三千院の三尊に見《まみ》ゆ

ことのほか静寂の寺の苔庭にわれひとりゐて秋深みゆく

人の世の哀れとどめし大原のひそけき庵に聞く鳥の声

竹林に光こぼれつ風ふるる音のさざめく小径あゆめり

春暮れに嵐山に来て湯豆腐を一人食べるは淋しきものぞ

詩仙堂主の生きざま羨まし庭の静けく広き空あり

雨あとのぬかるむ径に金閣寺まばゆく光放ち現る

人はみな権力を得しそのあとに金色の光に魅せられむ

宇治川に水墨の山影落とし光の渦は刹那輝く

戦ひのありしと聞くも宇治川の清けき流れ飽かず眺むる

乙女らの命を断ちし崖に吾れ吹き落とすがに黒風荒ぶ　沖縄

雪吊りの仕度せはしき人ら見つ暮れもせまれる庭を去りけり　金沢

窓外の若葉

男性用の商品返品し棚いよいよ淋し時流を嚙みしむるなり

世の移りめまぐるしくて生産を中止する品も増えゆく

窓外の若葉はそよぎ疲れ眼に緑の薬しみ渡りゆく

競技場に人影のなくポールの旗風を受けつつ音きしませてをり

一人身に情けはあらずこの命数足りぬほど災ひおそふ

この身とは道具の一つか女に生れしこと限りなく口惜しきなり

*

神主は額づきたまふ高良山霞のなかを流鏑馬始まる

生れ出でし屋敷は昔原野とふ菊池勢雪崩込む川の近くに

いにしへの太刀を洗ひし川菊池渡りで泳ぎし昔偲ばる

万葉の庭

家に籠る母を誘ひて武光の像前に佇ち権現山見ぬ

ゆつくりと歩くもおぼつかなき足の運びに老いし母を見たる

何を聞いても神の如くに母は笑む安らかなる日々を得しや

兄嫁と暮らす母には実の子のわれらより長き月日を重ぬ

*

呼びかけに鳴く鹿の声　掌《たなごころ》温もり伝ふ朝の静けさ

奈良公園

飛鳥寺の枯れ老椿切り口に芽吹く若芽の五、六本見ゆ

万葉の歌人詠みたる植物の集められたる小径を巡る

万葉の庭を巡りて記念にと綿の種のみ買ひて出でたり

はるかなる吉野の山を思ひ来ぬ命ありて逢ふ山桜花　吉野

風立てよ便り届けよ父と子に親王八女に父は吉野に　後醍醐天皇

母逝く

臥す母は義姉《あね》が支ふる吸ひ飲みを赤子のやうに音を立て吸ふ

臥す母は食の細まり訪ふわれに何故来たのかと理由を問へり

痛みなど無きとふ母の身体《み》を擦る後に褥瘡ありしとききぬ

骨に皮たわませてゐしこの母に八人の子を育て給ひぬ

いま息を静かに止めし母の顔白く艶保《も》ち万思去来す

九十六年母は生き来て愚痴るなく感謝のみの静けき最期

棺を離れし吾れの耳に母の吐息《いき》のもるるを聞きて戻れどふれず

母逝きて御斎の家に鴉来ぬ畑隅に田苗は五寸に伸ぶ

膝に置く白き箱より生時より燃ゆる熱さの伝はりて来ぬ

*

しみじみと月眺めゐし里庭に父母の影なく恋しく偲ぶ

田に入りて消毒を終へ青葉木の陰にしばしを皆と涼みぬ

苗代の早苗手結ひて田の中に運ぶ童は幼き吾れぞ

蚕を飼ひ母と共にし桑の葉を与へし夜に練炭匂ふ

爆撃に荒れ果てし田に実り待ち総出に苗を植ゑし日のあり
ちちははと共に過ごすは野良仕事共に出かけることなく逝きぬ

病室にて

病む吾れが家に残しし子のいかに過ごしけむ心離れざりけり

ひとり住み学校へ行くを耐へし子や電話で励ます病院の夜

父亡くし吾れも病み子はただ一人卒業式を寂しく迎ふ

夜の更けに涙流せる吾れを見て看護師は「あ落ちこんでる」と言ひたり

心労をかけし子も今新しき門出迎へぬ眠れず思ふ

心閉ざす子を前にしていらだたしき思ひにかられし日々のありけり

病室で家に居るごと茶と水を置きて祈りぬ家族の無事を

車椅子押す日もありき押されし日もあり危機を乗り越え

＊

いにしへの蒲生野に出で遊びたる人を思へば朝雷轟く　蒲生野

血縁の流血の世に生まれし皇子ら三上の山に何祈るらむ

ボスニアの戦火の死者は二十万果てしなき人間の愚かさ

被害者も加害者も共に悲しきよ父母の嘆きはいかばかりならむ

こともなげに人を殺める人多く命の尊さこそを思へり

戸の外はぎらぎらひかる眼の人ら忙しく行き交ふ　桔梗花咲く

列島を事件駆け抜け安らげる世ではなけれど正す力無く

珍しき客

食草の柚の葉めがけ迷ひなく揚羽蝶は産卵に来ぬ

日に幾度時計見ながら動きたる身は秒針に似通ひゐたり

実り田に彼岸花混じりてをりぬ白雲浮かぶ空遠く美し

眼底の出血は無数の点となりこの世の物を隠さむとする

闇より戸に入れば蝶も共に入る珍しき客来訪に驚く

団欒の夜孫を遊ばす父ありて記憶遠くもわれもあるらし

病室に見舞ひし父は「もう帰る」と言ふベッドの上に座しながら

朝夕のけぢめ神仏に手を合はす亡き父母の睦まじきは常に

人の振り見て吾が振り直せと母は言ひ父は自らして見せよと言ふ

墓径の辺に水色の小さき花生き生きと生ふひそやかな生

のぼりくだり

子も妻もうら若くあり花嫁の仕度とゝのへ式場へ行く　息子の結婚

幼日にバドミントンの相手せし子らは若くして父となりたり

キャンプに揃ひ行く日を懐かしむのか子は父となりてよく行く

たまさかにキャッチボールをしたる子らのグローブ、バット、ボール手許にあり

初孫に時々送る衣や絵本など子は吾れを悲しみに措く

吾子《こ》にかける電話に嬉し風もなく親とはバカなものと苦笑ひ

このやうな結末ありと予測せず訪ふ人もなき扉を閉める

早朝に配達へ出づ坂をのぼり下りはペダルを加減して行く

上り下り幾つの坂を越えゆかば平らかな境地に吾れ至るらむ

それぞれに歩み来し道異なれど人は己れの道で計りぬ

秋から冬へ

朝窓に誰鳴らす鈴のおとひとつ澄み透りける　秋に入りたり

幼子《こ》より手をつなぐ仲睦まじき絵入りの手紙来ぬ秋の夜に読む

孫

約束の時間を過ぎても来ぬ客を待つ間も車の音の響けり

恋知らず初恋知らず至りけり騒音を立て車行き交ふ

喜びは口中に有りと思へども吾が暮らしにはそれさへもなし

いさぎよく裸木となれる並木路われいまだ二人の子を世に放つのみ

斉明天皇を奉じたと伝ふ朝倉の神社に見ゆる筑紫舞絵

橘の広庭に時季はづれ咲く十月《とつき》桜は女帝の化身か

投稿歌ことごとくちりとなり吾が迷ひ届かぬ空は海底に似たり

黄金の銀杏の葉も役目終へ静かに路面に濡れて重なる

子が一つ電話くれれば何倍も気付くたびたびわれはかけたり

年の瀬に鳥群れ鳴くを聞きにけり幸ひなるこの恵みを受けつ

賑はへる店巡りつつささやかな正月の菜を求め買ひたり

うまき米に食欲増しぬ湧水は澄みゐたりけり故郷の田に

貸し切りの如くに一人吾を乗せて初春の街をバスは走る

めつきりと老い目立ちたる兄姉と盃かはす新年の節に

バス降りて歩く道々知る人にひとりも会はず空碧くすむ

薄氷の如き危ふき骨持てば寒気の中を寺町歩む　骨粗鬆症

新しきこの年なれどこれからは老いの坂道何が待ち受く

凍る朝

劇痛に眠れず座せる暁に阪神の震災を知れば慄《をのの》く　阪神淡路大震災

阪神の地に重く様々な悲しみのこもる　夜の街に灯が揺らぐ

震災の死者の数のローソクを灯す夜の広場に悲しみ溢る

六千と四百四十のローソクの火灯し死者の魂悼む

ありし日の人ら偲びて阪神の被災地に向き祈りささげむ

*

打ち出しの天井、壁に釘も出づ落書きのあるパーマ屋に来たり

珍しくカットに訪へばソバージュの娘はパンフレットを開き見せたり

掃き清め拭き清め来し家なれどわが存在の確かさはなく

安らかにあらぬ夢なり見知りなき場所をバスにて乗り継ぎゆきぬ

凍る朝窓拭きをれば陽差し来ぬ父母のまなざし降りそそぐごと

紅梅を手折りくださる母の姿匂ふ年ごとまぶたに浮かぶ

兄姉も喜寿となりたりめでたかり紅白梅の青空に咲く

雪なえの花はあれどもかそかにも春の香りの四方に匂ふ

子ら遠く逢ふはむづかし白雲の行く先々に倖せあらむ

大樟に休める鳥は数知れず賑やかな声春華やげり

椿の花

良きやうに座し腹減れば食み一日過ぎてゆきたり善きかな善きかな

花鳥に和らぐ日毎憤怒さへ忘るるほどに春長閑なり

恋知らぬ一生の春に淡雪の刹那刹那の真白なりけり

春待たず閉店の店増しにけり生業《なりはひ》の立たぬ時世《ときよ》恨まむ

大店に化粧品の売り場増え個人の店は閉ざされてゆく

スキースケートいまだ一度も滑らずにテレビで見たりオリンピックを

藻の花の湧き出づる水に揺れにけり命の水の澄み透りけり

新しき出発の日に母くれし椿三十年余満開となる

母くれし椿三十年共にあり窓額となし眺めつ食めり

膨らまぬパン焼きあがる春寒に鶯の鳴きかけて去りゆく

橋上を橋下を人ら行き交ひて憂ひ喜び生活《くらし》息づく

年金の相談ごとに訪ふ人の賑はふなかにわれも入りたり

筑後路の春の水縄《みなう》の峰淡し青を織りなし連なりにけり

母紡ぎし生糸のやうな合歓の花陰りの中はよりくきやかに

残雪を残す北岳高山の花一斉に輝く夏来

生き仏になれぬ吾れゆゑ現世の恨み果てなき出来事思ふ

姉の帽子

菜の花の土手を染めたり逝きし人の親しむ道に沿ひて黄の花

失敗のパンを与へし池の鯉ゆるやかに寄り一口に呑む

彼岸会の墓前の花の新しく墓石の並ぶ間をゆけり

棲む女の好みの満つる玄関に色とりどりの花鉢置かれ

母の手を握りしめゆく子どもらの入学の日花は散り初む

花雨の近江を霞め透明な傘を頂き寺々巡る　大津

夜来の雨桜《はな》を散らして去りにけり路上の花片貼り絵となして

捨て猫とたはむれてゐし学童は猫と帰るか見えなくなりぬ

春日傘もつれて蝶の入りにけり青葉若葉の道を歩めば

蜘蛛の巣の破れて風に漂へり主の姿何処にもなく

土牢で暗殺されし皇子なれば恨み残すか俄に風立つ　鎌倉

鎌倉の大仏様は雨あとの幾筋もつき傷ましく見ゆ

身体《み》ひとつで皆生きてゐる様々な生業、五体こそ資本なり

葉をすぼめ幹に下がれる枯れ桐の風にさからはず万《よろづ》へ飛べる

ついばみし苔を離れて野鳩らが枯れ杉の枝で胸反らせたり

畑仕事に荒れたる手にて編みくれし帽子に姉の一生を思ふ

移ろふ影

ほの白く実り田に照る秋の月稲刈るときの匂ひを恋ひぬ

秋の夜に月の明かりに野の径を田より戻り来る兄を迎へし

稲刈りし穂波にさしたる秋の月移ろふ影や思ひ出尽きず

摘まれても摘まれても花咲き満つる子孫を残す本能ゆゑに

法灯を守れる僧が孫三人連れゆく姿振り返り見ぬ

己が身を虎に与へし若王子慈悲の大きさはかり難かり

玉虫厨子

踏みにじる人のみ多く現世にやさしく清き心あらざり

子どもらも新茶を摘みたるこどもの日いそしむ農家に手伝ふ人ら

濃紫《むらさき》を白にかへたるマツリカの芳香まとひこころ洗はる

背くらべ皆でしてゐるゼラニューム閉店の床に三色見えたり

テレビ見て答へてしまふ滑稽さ一人暮らしの相手なるかな

ぽとぽとと雨音さへもこの宵はメロディとなりこころ慰む

行く末を垣間見る如老女のカートに手を添へ雨後の道ゆく

魂の震へるほどの出逢ひなく折り返し点いま少し越し

玻璃越しに背に受くる光読書の間身体《からだ》温む汗ばみて来ぬ

Ⅱ

琴の音

今年また実をつけぬまま無花果はとどまるところ知らず伸びゆく

引き継ぎのセールス来たりて雨中へと二人の姿煙に消さる

夏の夜に巡り合ひたる学友の姉に近況聞きつつ帰る

鈴鳴らし僧佇めるデパートの前混みあふも音すみわたる

椿葉に丸く群がる毛虫らも生き物なれど殺すしかなく

見えざれど向き合ふ日毎花器にさす榊菊さへ根を出しにけり

屋根上の吾が菜園の艶やかなピーマン嚙みつつ梅雨の音聴く

元気良き一年生の賑やかに角を曲がりて見えなくなれり

柱背に雪舟造る庭望む人の動きのざわめくなかに

どの棚もがらんとなりて陳列の品のわづかに秋日影さし

仕事より帰る人あり仕事へと行く人ありぬ店より見れば

十三の糸を弾けば極楽の音《ね》のして沈みし心の晴るる

琴の音の妙《たへ》に沁み入る秋の日のうつりかはりのただ静かなり

爪弾けばそれ位の楽しみ持つは良きと言ひたる亡き母を思ふ

八重衣わが琴弾けば家の上に黒雲かかり小雨降り初む

横文字の名知らぬ花を供へればこれより続く小粒の白さ

過ぐる夏

妖しくも華やぎ映えるディスプレイの間を行けば淋しさの増す

ぐつたりと昼は寝そべる白犬は夜ともなれば起きて近づきぬ

サイレンの近くに止めば飛び出しぬ廻りこの頃多くなりゆく

川土手に野あざみ手折り学友《とも》が家を訪へば蔵書のうづたかく積む

過ぐる夏に吾れの命の健やけし苦瓜黄葉の陰に実をつけ

月影に苦瓜二つ揺れにけりまづ精霊へ盆に供へむ

忘れ得ぬ夏に臥す母ヨーグルトを食べ「喉通った」と笑顔残しぬ

衣干せば瓦の波の重なりて光のどかに秋の気配は

年来の顧客の愛用品廃止され決断すべきも詮方のなし

吾れ還る時には葬もいらざれば離れて山の辺に眠りたし

人知れず蝶の卵の生まれけむ柚葉に歯跡残し発ちけり

ひとり棲む老女語るを聞くほどに切に吾が身を重ねて思ふ

袋ごと盗める小猫したたかに瞳光らせ吾れ見つめけり

有難き親のまごころ忘れける若者溢れとめどなきかな

女客の待つ店内に漢方の独特の香り癒すがに漂ふ

折り折りをまとめし写真届きたり拡大鏡かざし幾度も見たり

日毎見る蘭の花芽の鞘出でつ気付かずをれば驚き嬉し

潮風

清らなる五十鈴の川に手をすすぎ緋鯉の群れに手を触れるなり　伊勢神宮

打ち水の玉砂利踏みて伊勢神宮の日本晴れなる神殿拝す

那智

初夏の速玉詣づ子育てにかはる那智蘭吾れ求めたり

初夏の那智に詣でぬ四方の山おぎろなく深く心は澄めり

迸り飛沫をあげて迫りくる那智の滝水　神にふれたり

本宮の厳かに在す縁《ゆかり》ある者の無事など頼みて祈る　熊野

熊野出で曇りゆく空下り坂峰々にかかる雲の色暗し

真白なる灯台の丘串本で地平線をぐるつと見渡しぬ　潮岬

武士《もののふ》が佇ち見し櫓今はただ昔を知らぬ潮風吹けり　高松

城跡に物売る市の賑やかに移れば変はる人の世あらむ

*

寺屋根に居並ぶ鳩の一羽発ち二羽目は妻か後追ひにけり

ゴーギャンの色彩に似る冬雲の牧場の牛の背後に湧きぬ

生徒らの吹奏楽に合はせつつ老いらも笑みて手踊りにけり

福岡蘭展

福岡に世界の蘭の来たりけり花にまみえる国や穏しも

初電話思ひもかけず子より来ぬこの春嬉し船出なる哉

一望に次郎の流れ見晴るかす美しき光春の来にけり　筑後川

手のひらにこぼるる程の落椿のせて雛の日女童過ぎぬ

申告を待つ人多く窓越しに遠白く山雲とどまりにけり

窓近く水槽ふたつ筑後川に棲む魚の群れしばし見てをり

市庁舎の展望階の窓越しのはるか遠くに背振山見ゆ

ぼんぼりのやうに浮かぶは八重桜ふつくらふくら優しさくれる

緑映ゆる朱の神殿人々の詣で絶えなし宇佐の神々

母の忌や葉上に白き蜘蛛の糸手ぬぐひで払ふ姿見えけり

何くれと労る父を偲びをりあの世の母も不自由はなく

すぐそこへ如来様がお迎へに見え給へりと告げ父逝きぬ

田植ゑする朝一番の父の影貧しき頃の国を子ら知らぬ

君が代の解釈さへも違へける人世といふは心許なし

侘しさの胸渦巻くを紛らはせまれに飲むビール虚しさ増しぬ

雨音の激しく雷の轟きに荒野にひとり座すが如しも

ことごとく打ち砕きたき衝動に陶片打ちつけ怒り静める

地下街に一気に水は襲ひけり人災多く梅雨走りけり

小さき鉢に繁るトマトぞ梅雨の間も熟れつつわれの力となりぬ

掛時計

国道を横切り蝶の日毎来る儚き夏を車避けつつ

ショーケースにブランデーグラスの爽やかな緑を置くも汗滴りぬ

実をつけぬ無花果を切る決断に聞こえるらしく今年実を生す

乙女らの誘ふが如き素足見る表通りを眺めて飽かず

歌唄ひ下校の女児はわれ見るやぺこんとお辞儀して過ぎにけり

住むといふこの重たさや階段を幾度も行き来しカーテン洗ふ

青年は楠の枯れ枝を踏みしめて彦九郎祀る前を過ぎたり　遍照院

暗殺の三士の墓にほほづきの朱鮮やかに供へてありぬ

人の世は変はりもすれどほほづきの今も昔の色に染みけり

以白庵とざされしまま露地鉢に柄杓ひとつが伏せ置かれをり

茶の道に学びしことの数々は人に会ふ時あらはるるもの

草むしる老女の背なはちひさくて雲間よりさす光優しく

吾が苦楽見つめ続けし掛時計秋に入るなり止まりてしまひぬ

商品の動きもせずに去年見たる見覚えのある秋の服あり

入口の涼しく感じられる店知らず知らずに秋の訪れ

受け答へもたもたしたる電話先トップも替はりシステム変はる

注文に予期せぬことに別名の品が届きて予定狂ひぬ

走行の窓越しに見る半月に無事を祈りぬ秋の暮れ方

現世に病ひ無ければそれだけでしあはせ他に何がいるだらう

野外学習

希望とふ炎はんなり灯したる昼月東の空に浮かぶ

行乞の菅笠《すげがさ》深く陽の中に背筋を伸ばし歩き出したり

手仕事を止めて仰ぎぬ冬空の何時も変はらぬ月の光は

千代紙の鳥に祈りを折りたたみディスプレイ終ふ静かな店に

迎春のポスターをウィンドウに貼り終へて忍びやかに年越しを待つ

大寒やかじかむ指のしわも増し老いの仲間に何時しか入る

梅林へ心は馳せども身に沁みる二月の風にためらひてをり

たんぽぽの雪に触れつつひたむきに聖なるままにわれを仰ぎぬ

枝に刺せる蜜柑に目白飛び来たり影絵の動き楽し声聴く

ひと冬を窓辺に置きたるゼラニューム春の兆しに蕾持ちをり

伐採の難逃れたる辛夷の木花は排ガスに耐へて咲き初む

野草持つ生徒《こ》らの賑やかな声聞こゆ　野外学習の成果あるかな

煩はしと思へば男性《メンズ》の製品を廃して独り刻《とき》余したり

匂ふ柊

乗り降りの顔を見つめてバス停に姉を探しぬ秋の暮れ初む

どぶねずみ潜入したる夜な夜なに土産の糞の憤ろしも

期待したねずみの捕獲失敗し作戦変へるああ秋の暮れ

秋風や古戦場に今宵見る月のさし出でものさびしかり

渓谷の吊り橋歩む対岸にかなしみをみな捨てて帰りぬ

夜の雷の明け陵《みささぎ》に吾が来たりこぢんまりした親王の墓　山本千光寺

雨あとの道幅占めて蟻の群れ長き列なし巣へと行きたり

病む義兄《あに》を見舞ひて帰る伴侶《つれあひ》の疲れの色の深く滲みけり

隙間なく並べ置く花鉢《はち》ストレスもかの如く増しゆくのかも知れぬ

倹しやかな程の振り込み完了す空室目立つビルの増しけり

光満つる廊下を渡り新しき部屋に見舞ひぬ病人《やみびと》穏し

姪の姑

何人と知らず広場を若者の埋め尽くす夜に提灯揺るる

沁み入るとはこの事ならむ銀杏の黄色の衣ひるがへり落つ

菊の花好みて食める虫もをり一夜明くれば景無残なり

藤原の庭の木陰で孫二人どんぐりの実をポケットに入れ　孫

ひとりだけ先へ行くから転ぶのよ幼き姉は弟たしなむ

三日月にかかるは何星?·薄暗く輪郭見せる影の主とは

晩年の岐路に立ちゐて移転先未定のままに神無月に

禅僧の作務の刻かな掃き浄められゐて落葉なき砂利道

故郷の米に生かされ実りゆく穂波の様の懐かしく見ゆ

背振山山頂に積める初雪のはだらの肌の遠く見えけり

狭庭辺に落葉は積もり恵みとは掃く折り折りに匂ふ柊

老骨の乾びし桐葉地に落ちて身のちぢこまる師走来にけり

二度ゆく路に

青空の何処にひそむや秋雷後手品の如く現れにけり

浴槽の水抜く如き暁の雨音を聞く寝つけぬままに

水鳥の詩を刻みたる碑の前を翔ぶに間のある園児ら通る　野田宇太郎詩碑

バス停で忘れし事を思ひ出し二度ゆく路にコスモスを見る

をちこちの落葉集まる吾が家の前にも裏にも群れ鳥居たる　旧居

検品もせぬうかつさで冬の日にＵＶの品売らむとしたり

「いよいよの時は腎臓あげるから」子の言葉聞く眩しきこころ　長子十八歳

熱あればオペ出来ぬからと看護師は少し低めに書き込みにけり

落葉する木々に倣ひて縁断ちされど吹き寄る人のつながり

来む春の初めに咲ける柊は師走の頃に蕾持ちをり

大都市の駅構内は広々と手荷物持ちつつ迷ひつ行けり

見晴るかす高良山より山巓に抱かるる街穏し年始

常よりも遅れて届く子の賀状苦にもならぬか住所が変はる

零歳の出発なりとユーモアの絶えぬ女《ひと》より賀状が届く

ポストへの径風寒く子どもらへ思ひを記し手紙を入れる

われも老い級友《とも》も老いつつ出逢ふたび互ひの老いを見つめ語らふ

昨日のやうな君の死雲ちぎれ離るるごとくひとりとなりし

移ろへる世に逆らはず閉店を決める新たな年の始まり

白波もやがては消える定めなり拡幅により閉店を決む

三十年余をこの地に暮らし春の日に絆を断ちて飛翔をせむや

身ひとつを

吾が終《つひ》の棲家となるや井の浦の丘より望む山の峰々

上棟の木音の響く五月晴れ移転へ向けて心打ちけり

故郷も変貌しつつ身ひとつを何処に置くや陽は燦々と

高良山背振を望む公園に溢れる命カメラに収む

決め難き土地を巡りし折り折りに草花《はな》の盛りの門扉の並ぶ

竹垣の壊されてをり憤り土に汚れて処置を終へぬ

母の香の仄かに匂ふ紋付を解きて仕立てるわれの衣服を

縫ひ直す母の着物に包まれて共に居給ふ心ぞ不思議

無花果を日毎食みに来るひよ鳥の嬉々たる声に布施と思はむ

バッタの子緑鮮やかコリウスの育ちの葉々を齧りをりたり

内腕の痛みは転じ痒み持つ捕へし虫を憎しと踏みぬ

草むしる姿笑ふか「ワッハッハッ」と啼ける鴉が西へ去りゆく

吾れのみの汗は流れて街路ゆく人は涼しき顔をしてゆく

立ち退きの進む道辺は稲刈りの終はる田に似る空地増すなり

呼び出しの音を聞くのみ夜も更けて子は仕事よりまだ戻り来ず

改装のビルのガス管掘り出され継ぎ目に赤き錆の見えけり

帰り着き雷一、二分にて止みぬ茜の夜空真昼の如し

マネキンの同窓生もわれもまた夢売る仕事幻の如く

新しき庭

積雪は地響き立てて落ち来たり朝光に溶けつ地にまた積みぬ

春寒き街を歩めば塗装後の空きビル新し陽のそそぎをり

春初め哀しみ多き家を去る仕度忙しく静かに氷雨

南洋の花木寒さにつぼむまま開かぬままに凍えて終はりぬ

六十路にて移り来たりぬ新しき庭の椿も強風に耐へ

狭庭辺に目白を待てり番来てちひさな幸に心は和む

鳥語とふ言葉があらばこの花の蜜が美味いと教へてゐるのか

庭に生ふる草よその名は母子草絆思へば咲く日待たるる

お湯張りが終はりました　唯一の人語を聞いて湯船にくつろぐ

初苗も土に馴染んで太陽に真向かひながらほころび始む

植ゑ込みし樹々すこやかに芽吹き出づ土に馴染みて育ちゆくらむ

挿し芽せし五月の菊もたわわなり若葉を摘めば瑞々しかり

点滴を受けて横たふ姉笑まふ八十路になれど奪ふことなかれ

豆飯を大きく握り見舞ひけり母に似る手で姉は食みをり

病む身をば捨てて看取りて送り来し日より二十年鳥鳴くを聴く

古墳のほとり

故郷の親しき野原を忘れ得ず雪の走りに心馳せゆく

気まぐれか電話に出でし子の声に梅雨の暗さも少し和らぐ

雷過ぎて胸なでおろす連日に一人の暮らし慣れるも愛し

雨の日を選びて採りぬ夏草の星降る程に次々生ひ来る

歯に骨に老いの坂道急ぎけり速度も忙し吾れの残生

人の来ぬ暮らしに慣らされ鳴く蝉のもだえのなかに有限の力

七夕の星より哀しき思ひせむ逢ふこともなく話すこともなく

立秋を待ちて庭木を移し植う総身に汗は流れ落ちたり

洗ひ物に追はれる晩夏触れてゆく風も幽かに秋の来たりぬ

「つくっしょ」「ほいほいっ」と鳴く法師沁み入る声の秋は来にけり

移り来し古墳のほとり母ひとり父亡き子らの幸祈りつつ

流れ星誰を訪ねてゆくのやらまばたきの間に十方に消ゆ
むら雲の中より月の出でにけり奇しくも夜の神いますらむ

都忘れ

佐渡島いまだ訪はねど海凪げば盥の舟の並ぶ様を見ん　佐渡

波荒き佐渡島なり流されし人らの思ひ量るすべなく

陵に木の葉こぼるる光射し悲運は常か院は眠られ

佐渡人の商ふ棚にみづみづし百合根幾種丸く土を帯び

育みて仏に供ふる都忘れ黒檀の内に楚々とむらさき

春の芽吹き

庭隅の誰も気付かぬ勿忘草春雨に濡れ株を増しけり

移り来し土地にひとつが芽吹きをり春の決まりの丸き蕗の薹

三月の雛のごとく夫婦来ぬ思ひがけなく嬉しき日なり　甥夫婦

万葉の歌に詠まれし郁子《むべ》苗を手に持ち果実の生るを想ひつ

如月の光を浴びてブロッコリー日増しに太り一つを採りぬ

臥す面の思ひがけなく祖父に似る兄の呼吸の静かなりけり

死の床の願ひを妻は聞き取れず息苦しき日々生きつ兄逝く

忘れたき最悪の日を忘れ得ずこの夜雨は止みて降らざり

母を恋ふる日のわれあれば子の母を恋ふるもあらむと思ひつつをり

食ひ尽くし肥る青虫を捕へけり放生会の日の近づきつつも

背丈越す雑草生ふる旧居跡解体の後椿の芽吹く

名月の少しゆがむを眺めつつ径の片辺に虫の声高し

筑後川見やる暇なく夫の居し病室と家行き交ひし日思ふ